COLLECTION

DE

M. TARDIF

D'AIX

OBJETS D'ART

COMMISSAIRE-PRISEUR	EXPERT
Me CHARLES PILLET	M. CHARLES MANNHEIM
10, rue de la Grange-Batelière.	7, rue Saint-Georges.

1874

CATALOGUE

DES

OBJETS D'ART

ET DE CURIOSITÉ

Emaux de Limoges — Belles Faïences françaises et autres
Porcelaines — Bijoux anciens — Tabatières en émail et autres
Suite intéressante de Montres des XVIe, XVIIe et XVIIIe siècles — Etuis en or émaillé.
en vernis Martin et autres, des époques Louis XV et Louis XVI
Sculptures en bois et en ivoire — Armes et Clefs anciennes — Eventails en vernis de Martin
et autres — Orfèvrerie — Couteaux, Fourchettes et Cuillers
Salières anciennes en argent, en émail et autres — Mosaïques de Florence
Tableaux italiens en marbre et bronze doré
Meubles en bois sculpté du XVIe siècle — Fauteuils Louis XIV et Louis XV
Quantité d'Objets à l'usage de la vie privée
des XVIe, XVIIe et XVIIIe siècles.

Composant la Collection de M. TARDIF, d'Aix

ET DONT LA VENTE AURA LIEU

HOTEL DROUOT, SALLE N° 3

Les Lundi 23, Mardi 24, Mercredi 25, Jeudi 26,
Vendredi 27, Samedi 28 Mars 1874

ET SALLE N° 6

Les Mardi 31 Mars, Mercredi 1er et Jeudi 2 Avril 1874
A une heure et demie.

Par le ministère de Me CHARLES PILLET, commissaire-priseur,
rue de la Grange-Batelière, 10,

Assisté de M. CHARLES MANNHEIM, Expert, 7, rue Saint-Georges.
Chez lesquels se trouve le présent Catalogue.

EXPOSITIONS
PARTICULIÈRE : Salle n° 3, le Samedi 21 Mars 1874.
PUBLIQUE : Salle n° 3, le Dimanche 22 Mars 1874.

DE UNE HEURE A CINQ HEURES.

CONDITIONS DE LA VENTE

Elle sera faite au comptant.

Les acquéreurs payeront, en sus des adjudications, *cinq pour cent* applicables aux frais.

L'exposition mettant le public à même de se rendre compte de l'état d'es objets, il ne sera admis aucune réclamation une fois l'adjudication prononcée.

Ce Catalogue se distribue :

A PARIS

Chez MM. CHARLES PILLET, commissaire-priseur, rue de la Grange-Batelière, n° 10.

CHARLES MANNHEIM, expert, rue Saint-Georges, n° 7.

A L'ÉTRANGER.

Londres, chez MM.	F. DAVIS, 51, Pall Mall.
—	H. DURLACHER, 9, King steeet, Saint-James square
Bruxelles,	ÉTIENNE LEROY, 8, rue des Chevaliers (avenue de la Toison-d'Or).
Berlin,	LEPKE, 4, Unter den Linden.
—	FIOCATI, Unter den Linden.
Vienne,	KAESER, 2, Bogner-Gasse.
Francfort-sur-Mein,	LOEWENSTEIN, frères, Zeil.
—	GOLDSCHMIDT frères, Zeil.
Rotterdam,	LAMME, conservateur du Musée.
Amsterdam,	BOASBERG, Kalverstraat.
La Haye,	SWAAB.
Florence,	RIBLET, marchant de curiosités.
Rome,	CASTELLANI.
Saint-Pétersbourg,	NEGRI, perspective Newski.

Paris. — Imp. PILLET FILS AINÉ, 5, rue des Grands-Augustins.

ORDRE DES VACATIONS *

LE LUNDI 23 MARS 1874

Emaux de Limoges	1 — 52
Boites émaillées et pièces diverses	53 — 118
Salières et orfévrerie	119 — 139
Flambeaux	140 — 174
Objets religieux	175 — 251

LE MARDI 24 MARS 1874

Objets religieux	252 — 310
Pendules	491 — 497
Coffrets	498 — 518 *bis.*
Rapes à tabac et tabatières	519 — 685

LE MERCREDI 25 MARS 1874

Navettes	686 — 694
Nécessaires	695 — 740
Chinoiseries	741 — 765
Sculptures	766 — 775
Pommes de cannes	776 — 785
Peignes	786 — 789
Boites à parfums	790 — 804
Boites à mouches et porte-tablettes	805 — 829
Miniatures	830 — 833
Flacons	834 — 863
Objets variés	1052 — 1131

* Nota. — On suivra l'ordre numérique, sauf dans les vacations des vendredi 27 et samedi 28 mars 1874.

LE JEUDI 26 MARS 1874

Couteaux, fourchettes, etc.	364 — 954
Armes	955 — 965 *bis.*
Instruments de musique et d'optique	966 — 985
Encriers	986 — 992
Cachets	993 — 1000
Couteaux à papier, grattoirs	1001 — 1012
Clefs et objets variés	1013 — 1051
Divers	1212 — 1236

LES VENDREDI 27 ET SAMEDI 28 MARS 1874

Objets variés	1132 — 1189
Meubles	1190 — 1211 *bis.*
Faïences françaises et autres	1237 — 1554
Porcelaines	1555 — 1719

Nota. — Les meubles seront vendus le samedi, et l'ordre numérique ne sera pas suivi.

LES MARDI 31 MARS, MERCREDI 1er ET JEUDI 2 AVRIL 1874

Montres	311 — 390
Châtelaines et breloques	391 — 400
Etuis	401 — 490
Bijoux	1720 — 2046

Nota. — L'ordre numérique sera repris dans ces trois dernières vacations.

DÉSIGNATION DES OBJETS

ÉMAUX DE LIMOGES

ET AUTRES

1-3 — Trois plaques ovales peintes en émaux de couleurs sur fond noir. Portraits d'homme et de femmes : l'une de ces dernières a une coiffure blanche haute. On lit au pourtour diverses légendes en vieux français et en latin. Cadres en bois sculpté. XVIe siècle.

4-6 — Trois plaques carrées peintes en émaux de couleurs, et représentant des sujets tirés de la vie du Christ.

7 — Plaque ovale peinte en grisaille : l'Annonciation. Travail moderne.

8 — Plaque carrée peinte en grisaille par Jean Laudin : la Crèche.

9 — Plaque ovale peinte en émaux de couleurs par le même : saint Joseph portant l'enfant Jésus.

10 — Plaque carrée peinte en émaux de couleurs : la Résurrection.

14-17 — Sept plaques en émail de Limoges à sujets et décors variés.

18-19 — Deux médaillons ronds en émail : portraits d'homme et de femme en costumes du temps de l'Empire.

20-31 — Douze plaques d'émail de Limoges à décors variés : l'une d'elles représente le Christ bénissant, et peut être attribuée à Jean Limousin. Trois autres sont de travail moderne.

32-38 — Sept plaques rondes, peintes en émaux de couleurs à sujets variés, XVIe siècle.

39-40 — Deux plaques carrées en émail représentant des sujets religieux. Travail russe.

41-52 — Douze peintures sur émail de diverses époques, parmi lesquelles on remarquera le portrait de madame Carnwell en costume de la femme du Titien, finement peint par *Spencer*.

BOITES ÉMAILLÉES

ET PIÈCES DIVERSES

53-90 — Trente-huit tabatières en émail de Saxe et autres, de formes et de décors variés, dont une (nº 88), en forme de botte Louis XV rehaussée d'or, et deux autres en forme d'oiseaux.

91-92 — Deux plateaux en cuivre émaillé; l'un d'eux est décoré de figures, d'oiseaux et d'ornements émaillés sur argent.

93 — Boîte ronde en émail de Saxe à couvercle, fond rose rehaussé d'or et médaillons de fleurs.

94 — Petite coupe ronde en émail de Limoges, décorée en couleurs sur fond noir. Elle représente, au fond, Judith montrant la tête d'Olopherne.

95-97 — Sucrier et deux petites coupes carrées à deux anses en émail de Chine à fond bleu.

98-100 — Trois étuis forme œuf dont un décoré de figures en camaïeu rouge.

101 — Six étiquettes à vin en cuivre émaillé.

102 — Bracelet, boucle et crochet à ciseaux en cuivre émaillé.

103 — Étui à odeurs en forme de montre en émail de Saxe.

104-105 — Tasse avec soucoupe et plateau avec cuiller en émail de Chine à fond vert.

106-108 — Cinq petits émaux peints.

109 — Verre à pied en argent ciselé et gravé, servant au culte israélite.

110-118 — Neuf verres à boire en verre de Bohême et de Venise, à décors variés.

SALIÈRES & ORFÉVRERIE

119-121 — Trois salières en émail de Saxe, dont deux doubles et une simple. Elles sont décorées de paysages et rehaussées d'or.

122 — Salière double en verre décorée de fleurs. Travail russe.

123-125 — Trois salières en argent, dont deux du temps de Louis XVI, avec intérieurs en verre bleu.

126 — Salière Louis XV en cuivre doré avec intérieur en cristal.

127 — Deux salières en verre, modèle à pans, garnies en argent.

128 — Deux jolies salières du temps de Louis XV en argent.

129-131 — Six salières en argent avec intérieur en cristal.

132-133 — Quatre salières en émail de Saxe à fond rose.

134 — Deux belles salières du temps de Louis XV en argent, modèle à coquilles et ornements et intérieurs en cristal.

135 — Porte-tasse en argent gravé et doré, orné de grenats et accompagné d'une petite tasse en porcelaine.

136 — Pot à crème Louis XV en argent repoussé.

137 — Petite tasse en argent avec soucoupe.

138 — Tuyau en argent pour prendre une infusion et coco pour la contenir.

139 — Six étiquettes à vin ou liqueur en argent.

FLAMBEAUX

140 — Deux grands flambeaux en émail de Saxe, fond gros bleu rehaussé d'or et médaillons de fleurs et figures. Époque Louis XV.

141-160 — Trente-quatre flambeaux ou chandeliers de diverses époques en cuivre argenté, en bronze, en cuivre repoussé et autres.

161-162 — Deux lampes en étain et verre, avec cadrans donnant l'heure par la consommation de l'huile.

163-165 — Trois bougeoirs en bronze dont un du temps de Louis XIV.

166-174 — Neuf lanternes pliantes et autres en cuivre repoussé, des époques Louis XIII et Louis XIV. Deux sont des lanternes de poche à soufflets du temps de Louis XV.

OBJETS RELIGIEUX

175 — Calice du xve siècle en cuivre doré, avec nœud repoussé orné de médaillons émaillés et à coupe en argent.

176-178 — Calice et deux saints ciboires en cuivre repoussé et doré. Époque Louis XIII.

179 — Ostensoir en cuivre ciselé et doré, xvie siècle.

180 — Monstrance à clochetons et contreforts gothiques en cuivre ciselé et doré, xve siècle.

181-182 — Deux encensoirs en cuivre doré, xvie siècle.

183 — Monstrance incomplète en cuivre, le nœud est orné de petits émaux de Limoges, xvie siècle.

184 — Christ en croix sur pied en cuivre.

185 — Petite coupe à trépied en argent du temps de Louis XVI, pouvant servir de bénitier.

186 — Statuette de saint Christophe sur pied en cuivre, XVIe siècle.

187 — Petite réduction de la statue de saint Pierre de Rome en bronze sur socle en marbre.

188-190 — Trois pièces dont deux en cuivre et une en cristal.

191 — Petite châsse en argent repoussé et à quatre pieds à consoles. Elle contient des reliques de sainte Retrude et porte la date de 1644.

192 — Custode en cuivre champlevé et émaillé, à médaillons bustes d'anges et ornements. Limoges, XIIIe siècle.

193 — Christ en cuivre émaillé, accompagné d'une applique et d'une figure de saint personnage, le tout monté sur une croix de bois de chêne. Travail de Limoges au XIIIe siècle.

194 — Le Chemin de la Croix, composé de quatorze petits bas-reliefs en ivoire. Ils sont montés dans un cadre en bois doré avec moulures en ébène guillochées.

195 — Cippe en ivoire à figures sculptées en relief, représentant la Vierge entourée par les Apôtres.

196 — Christ sur croix en argent repoussé. Travail espagnol.

197 — Christ en croix, surmonté de rayons et de têtes de chérubins, le tout en argent, monté sur une croix en bois noir garnie en argent. XVIIe siècle.

198 — Christ en bois sculpté et peint, monté sur bois.

199 — Belle Croix sur son socle-support, en bois sculpté à sujets tirés de la vie du Christ et portant des inscriptions. Travail du Liban.

200 — Petit Christ en cuivre doré sur croix, en cristal de roche et monté sur pied en bois sculpté.

201 — Le Calvaire, groupe sculpté dans un seul morceau d'ivoire et composé du Christ en croix et de trois figures de saints personnages. Les têtes de chérubins qui ornent les extrémités de la croix ont été rapportées. XVIIe siècle. Le socle en ébène est garni d'ivoire.

202 — Petit Christ en croix en or, sur pied en bois noir.

203-204 — Deux pièces en bois sculpté : groupe de deux figures, rehaussé de couleurs et d'or, et figurine de saint personnage debout.

205 — Statuette de la Vierge debout, en ivoire, sur socle en marbre griotte.

206 — Statuette de saint Jacques debout, en ivoire, sur socle en marbre.

207-208 — Deux statuettes en bois sculpté, doré et peint : la Vierge et saint Jean-Baptiste.

209-210 — Deux autres figurines en bois sculpté : saint Jean et le Bon Pasteur.

211 — Veilleuse d'oratoire en forme de gobelet, en argent repoussé.

212 — Petit groupe en ivoire : la Vierge debout et l'Enfant Jésus. Dans une petite niche en bois.

213 — La Charité, groupe de trois figures en bois sculpté.

214-218 — Cinq statuettes, dont quatre en ivoire et une en ambre.

219 — Vase à couvercle et sur pied rond, en ivoire découpé à jour. Travail de tour.

220-221 — Statuette de Vierge en jais et petite croix en bois sculpté du Liban.

222 — L'Enfant Jésus, figurine en ivoire sur pied en bois noir.

223 — Petite coupe ovale sur pied à balustre en cristal de roche, montée en argent.

224 — Petite coupe en verre de Bohême, très-finement gravée.

225 — Figurine de saint Jean couché, en ivoire sur socle en marbre noir.

226 — Grand diptyque en ivoire sculpté, à quatre compartiments représentant des sujets tirés de l'histoire du Christ. Travail moderne dans le style du XVe siècle.

227 — Statuette de saint Michel, en ivoire. Travail moderne.

228 — Bas-relief de forme cintrée en ivoire, représentant la Vierge assise, tenant l'Enfant Jésus debout sur ses genoux.

229-230 — Ecce homo et la Vierge vue à mi-corps, allaitant l'Enfant Jésus. Deux bas-reliefs sans fond en ivoire.

231 — Petit tableau en ivoire sculpté et peint : le Calvaire. Il ferme à l'aide de deux volets unis.

232 — Bas-relief en bois sculpté : deux saints personnages tenant une croix. Travail du Liban.

233 — Médaillon à double face, de même travail, entièrement découpé à jour. Ouvrage très-soigné.

234 — Figurine d'enfant en nacre sculptée.

235 — Trois saints personnages, décorés en or sur verre. xv° siècle.

236 — Applique en cuivre repoussé et doré provenant d'une châsse : sainte Femme vue à mi-corps.

237 — Jolie petite niche en ivoire sculpté renfermant un petit groupe de la Vierge et de l'Enfant Jésus, en bois sculpté.

238 — Baiser de paix en cuivre argenté, représentant la Résurrection, en bas-relief.

239 — Baiser de paix en ivoire, représentant la Vierge et l'Enfant Jésus.

240 — Drageoir en ivoire portant les armoiries d'un cardinal, en relief.

241 — Drageoir en écaille monté en argent et orné d'une peinture sur émail : Scène de baptême.

242 — Trois statuettes-appliques de saintes femmes en os.

243-248 — Six bénitiers dont un en nacre, et les autres en bronze doré ou argenté.

249 — Bénitier en émail de Limoges, attribué à Jean Laudin, et représentant la figure de saint Jean. Cadre en bois doré.

250-251 — Deux miniatures sur vélin, représentant la Résurrection de la Vierge et l'Enfant Jésus, dans des cadres en bois noir garnis d'ornements et de têtes de chérubins en argent, argent doré et cuivre.

252 — La Crèche : sculpture en bois rehaussée de couleurs et d'or. XVIe siècle.

253 — La Pentecôte. Groupe de figures peintes en couleurs, dans un cadre doré. Époque Louis XV.

254 — La Descente de croix, tableau en argent frappé.

255 — La Vierge debout sur des nuages. Repoussé en argent appliqué sur velours noir.

256 — Le Christ en croix, tissé en velours et exécuté par Grégoire de Lyon.

257-258 — Deux médaillons ronds, le Christ et la Vierge, tissés en velours et exécutés par Grégoire de Lyon.

259 — Jolie mosaïque de Florence, représentant l'Annonciation, encadrée de fleurs et d'ornements.

260 — La Cène, sculpture en bas-relief sur albâtre. XVIe siècle.

261-262 — Deux médaillons ovales en bois de coco : Jésus et les disciples d'Esaü, et le Sacrifice d'Abraham.

263 — Mosaïque italienne. Buste de la Vierge sur fond d'or. Travail très-ancien.

264 — Petit tableau exécuté en cire blanche. Sujet religieux.

265 — Pietà. Le Christ mort, couché sur les genoux de sa mère. Bas-relief en bronze doré sur velours noir.

266 — Le Christ en croix dans un cadre du temps de Louis XIII en cuivre doré, rapporté sur fond de velours noir.

267 — Figure de saint personnage peinte à l'huile et couverte par une plaque d'argent dorée en partie. Travail russe.

268 — Triptyque en marqueterie, renfermant des bas-reliefs en os représentant le Calvaire et les saints Pierre et Paul. XVe siècle.

269 — Petit diptyque en ivoire, représentant la Vierge couronnée et le Christ en croix. XVe siècle.

270 — Chapelet en cristal de roche avec pendentif en filigrane d'argent.

271-272 — Deux petits tableaux peints à l'huile sur cuivre et rehauts d'or ; le Christ et la Vierge.

273 — Petit tableau russe peint à l'huile et couvert par une plaque d'argent repoussé ; il représente la Vierge et l'Enfant Jésus.

274 — Petit triptyque russe en cuivre émaillé.

275 — Petit triptyque en argent gravé avec figures dorées.

276 — Tableau central de triptyque en cuivre émaillé, représentant saint Georges. Travail russe.

277-279 — Trois médaillons dont un orné de peintures sur verre, un autre sur aventurine et le troisième en plomb.

280-282 — Deux médaillons ovales et un manche de couteau en ivoire.

283 — Petit médaillon ovale peint sur émail, dans un cadre en ivoire. Travail russe.

284-290 — Sept médaillons en filigrane d'argent et autres.

291 — Fragment de châsse en cuivre repoussé.

292-293 — Deux pièces en cristal de roche ; petite croix et médaillon à rayons et figure de saint personnage gravée.

294-303 — Dix médaillons en argent et cuivre doré, l'un d'eux garni de cristaux de roche.

304 — Petit médaillon en bois sculpté. Travail des moines du mont Athos.

305-308 — Trois chapelets dont un à grains d'agate blanche, monté en filigrane et une discipline en fer.

309 — Collier composé d'olives taillées en cristal de roche et autres en vermeil.

310 — Chapelet à grains de bois et croix en bronze.

MONTRES

311 — Montre du XVIe siècle, de forme ovale en cuivre, avec cadran en émail de Limoges à fond bleu, décoré de groupes de fruits, de feuillages et d'une tête de chérubin, en émaux de couleurs et sur paillons. Le mouvement porte le nom : *Jolivet.* Pièce rare.

312 — Montre ovale en cuivre doré, portant un écusson armorié peint sur vélin. Même époque.

313 — Montre ovale du XVIe siècle en argent, avec cadran gravé à fleurs. Le mouvement porte le nom : *Nicolas Clément, à Paris.*

314 — Boîtier de montre de forme ovale en cuivre. Le pourtour, reperçé à jour et gravé, représente des rinceaux et des sujets de chasse. XVIe siècle.

315-318 — Quatre grosses montres dont deux en cuivre gravé et ciselé ; une autre est ornée d'un portrait de femme peint sur émail et la dernière est en peau de chagrin piquée d'or. Époque Louis XIV.

319-326 — Huit montres en argent, quelques-unes à mouvements à répétition.

327-333 — Sept montres en cuivre émaillé, quelques-unes enrichies de jargons et l'une d'elles avec mouvement à jour. Époque Louis XVI.

334 — Boîtier de montre en argent ciselé à trophées.

335-336 — Deux montres en cuivre, l'une d'elles, émaillée, est garnie de demi-perles, l'autre est en forme de cœur.

337-343 — Sept montres en argent, l'une d'elles à répétition et à figures automates, et une autre avec cadran turc émaillé.

344 — Trois boîtiers de montres en cuivre et galuchat.

345-358 — Lot de châtelaines, clefs et cachets, en acier, en cuivre et en argent.

359-360 — Deux montres Louis XVI, à répétition, en or ciselé. Chacune d'elles est ornée d'un portrait de femme peint sur émail.

361 — Jolie montre du temps de Louis XIII, forme dite œuf de Nuremberg, en or émaillé à fleurs sur fond noir à l'extérieur et à oiseau sur rocher à l'intérieur. Mouvement de *Du Hamel, à Paris*.

362 — Montre à double boîte en or. Le boîtier extérieur offre le sujet de la Crèche peint sur émail. Époque Louis XV.

363 — Autre montre Louis XV à répétition, en or émaillé, à sujet champêtre. Le cadran est entouré de jargons.

364 — Autre montre Louis XV à répétition, en or émaillé en plein, à fleurs et insectes. Le poussoir est formé d'un beau brillant.

365 — Montre Louis XVI en or émaillé, à médaillon marine.

366 — Jolie montre en or émaillé du temps de Louis XIV, décorée d'un groupe de figures représentant la Foi et de médaillons de paysages.

367 — Montre à double boîte en or repoussé, à figures et ornements. Époque Louis XV.

368 — Petite montre Louis XVI en or, à mouvement visible et enrichie de jargons.

369-370 — Deux montres en or ciselé, dont une du temps de Louis XVI enrichie de pierreries.

371 — Montre en or émaillé noir, ornée de branches de fleurs exécutées en pierres diverses. Époque Louis XV.

372 — Grosse montre à double boîte en or. Le boîtier extérieur, repoussé à ornements, est enrichi d'une peinture sur émail : figures champêtres. Époque Louis XV.

373 — Grande montre en or, à figures automates en or finement ciselé sur fond de paysage émaillé et à musique ; personnage faisant danser une jeune fille au son de la mandoline. Époque Louis XVI.

374 — Grosse montre à répétition du temps de Louis XV, en or guilloché et repercé à jour.

375 — Montre en argent ciselé, à ornements et incrustée de turquoises et de demi-perles.

376-378 — Trois petites montres de Genève en or émaillé de formes variées.

379 — Montre Louis XVI en or de couleur ciselé à feuillages et médaillon de colombes.

380 — Grande montre en or, avec cadran émaillé représentant divers animaux dans le paradis. Dans le haut, un médaillon, représentant Adam et Ève, est entouré d'un petit serpent mobile en or émaillé qui marque la seconde en faisant le tour dudit médaillon. Époque Louis XVI. Pièce curieuse.

381 — Montre en forme de fruit à côtes, en cristal de roche, montée en argent émaillé. Travail moderne dans le style de la renaissance.

382-384 — Trois jolies petites montres du temps de Louis XVI, en or ciselé à sujets de personnages et ornements. L'une d'elles a un cadran d'émail décoré de figures d'Amours et de fleurs, et un autre cadran marquant les jours de la semaine et les quantièmes.

385-390 — Six montres en or ciselé, guilloché ou émaillé; trois d'entre elles sont ornées de demi-perles.

CHATELAINES & BRELOQUES

391 — Châtelaine Louis XV en cuivre ciselé et doré, garnie de quatre breloques en or, dont une renferme un petit almanach pour l'année 1785.

392-393 — Deux autres châtelaines en cuivre ciselé et doré. L'une d'elles est garnie de deux breloques en or.

394 — Chaîne de gousset en or ciselé et à chaînettes. Époque Louis XVI.

395 — Châtelaine en or émaillé gros bleu e. lanc, garnie de deux cle's et de pendilles aussi en or émaillé. Époque Louis XVI.

396 — Chaîne de gilet en or émaillé, garnie d'une clef.

397 — Cachet en or gravé.

398 — Dix-sept breloques en or et autres. L'une d'elles est en cristal de roche.

399-400 — Deux cachets en or; l'un d'eux orné d'une topaze.

ÉTUIS

401-405 — Cinq étuis en émail de Saxe, décorés de médaillons de paysages et autres, sur fonds variés de nuances.

406-408 — Trois étuis en écaille, dont deux galonnés d'or.

409-422 — Quatorze étuis en vernis de Martin. Quelques-uns sont décorés de fleurs et de figures sur fonds variés de nuances. Époque Louis XV.

423-443 — Vingt-un étuis en matières diverses, telles que : ivoire, nacre, bois peint, cuivre doré, etc.

444-446 — Trois étuis, dont un en cuivre et deux autres en fer.

447 — Étui en écaille posée d'or à fleurs et ornements. Époque Louis XV.

448-450 — Trois autres étuis, dont deux en écaille ; l'un d'eux incrusté de nacre de perle et d'argent ; le troisième, de forme plate, est en corne blonde.

451 — Étui en porcelaine de Saxe, décoré de figures sur fond d'or. Monture en argent.

452 — Joli étui en ancienne porcelaine de Saxe, décoré de fleurs et galonné d'or.

453 — Étui de même porcelaine, à ornements gaufrés en relief, et sujets peints dans le style de Watteau. Monture en argent.

454-456 — Trois étuis en nacre de perle gravée ; deux sont rehaussés d'or.

457-459 — Trois étuis en vernis de Martin ; l'un d'eux, à fond vert, est décoré de figures d'Amours dans le style de Boucher ; le second, à fond rouge, est décoré de paysages ; le troisième, galonné d'or, est peint en grisaille.

460-462 — Trois étuis en ivoire, dont un sculpté à figures et ornements, et les deux autres de forme aplatie.

463 — Bel étui du temps de Louis XV en or gravé à fleurs et ornements et émaillé bleu translucide.

464 — Étui en forme d'asperge en ancienne porcelaine anglaise, monté en or ciselé à fleurs et ornements. Époque Louis XV.

465 — Étui Louis XVI en or émaillé en plein, à figures d'enfants et ornements réservés sur fond bleu clair. Il est enrichi d'un rang de demi-perles.

466 — Étui chinois en filigrane d'argent émaillé.

467-468 — Deux étuis en fer; l'un d'eux date du temps de Louis XIII, et il est incrusté d'argent.

469-470 — Deux étuis montés en argent; l'un d'eux est en agate orientale, et l'autre en écaille piquée d'or.

471 — Étui en vernis de Martin, à quadrilles variés de nuances, monté en or.

472 — Étui en écaille posée d'ornements d'or et monté en or. Époque Louis XV.

473-475 — Trois étuis en argent; l'un d'eux est orné de bandes d'émail, et un autre est repoussé à sujets de chasse et ornements. Ce dernier date du temps de Louis XIV.

476 — Gros étui en argent gravé, enrichi d'appliques d'or gravé et de deux rangs de cailloux du Rhin. Époque Louis XV.

477 — Étui en argent gravé et doré. Même époque.

478-479 — Deux étuis à pans en or gravé. Époque Louis XVI.

480 — Étui en argent repoussé et doré.

481 — Très-petit étui à pans en or gravé.

482 — Étui Louis XVI en cuivre ciselé et doré.

483 — Joli étui du temps de Louis XV en or ciselé, à ornements, attributs et fleurs.

484 — Joli étui porte-plumes en agate, couvert d'ornements rocaille en or repoussé et ciselé. Époque Louis XV.

485 — Étui en bois finement sculpté : Judith tenant la tête d'Olopherne.

486 — Joli étui en ivoire piqué d'or, et à couvercle formé d'un buste de négresse en argent finement ciselé. Époque Louis XIV.

487-490 — Quatre dés en diverses matières : argent, fer, nacre et cuivre.

PENDULES

491 — Petit cartel rocaille en cuivre doré. Époque Louis XV.

492 — Pendule de bureau, de forme carrée, en cuivre doré à moulures. Époque Louis XIII.

493 — Petite pendule allemande, de forme carrée, à clochetons en cuivre doré.

494-495 — Pendule du temps de l'Empire, et cartel en bronze.

496 497 — Deux sabliers; l'un d'eux monté en cuivre.

COFFRETS

498-506 — Neuf coffrets de diverses formes, en cuir, fer, marqueterie d'écaille et ivoire, etc. L'un deux (n° 504) en ambre sculpté à médaillons.

507 — Joli coffret en filigrane d'argent sur fond doré et enrichi de pierres.

508-510 — Trois coffrets dont un du XVe siècle, en cuir gaufré et fer.

511 — Coffret à quatre lobes, couvert de velours rouge et garni d'ornements de cuivre découpé. Époque Louis XV.

512-515 — Quatre coffrets dont trois en fer des xve et xvie siècles.

516 — Grand et beau coffre rectangulaire, couvert en maroquin rouge, portant une quantité de fleurs de lis dorées au fer et garni d'ornements en fer et cuivre doré. xvie siècle.

517 — Boîte à parfums en bois de rose, contenant trois flacons garnis en argent ainsi qu'une petite tasse et une soucoupe en argent doré. Époque Louis XV.

518-518 *bis*. — Deux coffres ; l'un renferme un microscope, l'autre est en bois sculpté.

RAPES A TABAC & TABATIÈRES

519 — Grande râpe en bois sculpté avec blason. Époque Louis XIV.

520-521 — Deux râpes à tabac en bois finement sculpté à armoiries et ornements.

522 — Très-jolie râpe à tabac en bois finement sculpté par TORRO, à trophées d'armes, fleurs, ornements et armoiries.

523 — Râpe à tabac de forme ronde en bois sculpté figure d'animal et ornements.

524-525 — Deux râpes en fer, l'une d'elles en forme ed poisson avec écailles d'argent.

526 — Râpe en émail de Limoges à figures et fleurs sur fond blanc.

527-533 — Sept râpes en ivoire sculpté à figures et ornements.

534 — Tabatière en forme de gourde en ivoire et ébène.

535 — Boîte en bois sculpté à bustes et ornements à deux compartiments et à deux fins.

536-537 — Deux tabatières, l'une en forme de tonnelet en ivoire, et l'autre en bois tourné.

538-539 — Deux pipes chinoises à opium, dont une ciselée à fleurs et garnie d'un bout d'ambre. Travail chinois.

540 — Petite coupe ronde en écaille laquée d'or. Travail japonais.

541 — Étui en forme d'œuf, en cuivre gravé.

542-544 — Trois trousses de fumeurs en fer; l'une d'elles, garnie d'une loupe pour allumer l'amadou.

545-551 — Mouchettes, porte-mouchettes et éteignoirs. Une des mouchettes en acier bleui, gravé et doré, date du temps de Louis XV.

TABATIÈRES & BONBONNIÈRES

552-554 — Trois boîtes rondes en racine de buis, ornées de plaques en faïence de Moustiers, à décor polychrome. Pièces rares.

555 — Tabatière en ancienne faïence de Marseille formée d'une tête de satyre.

556-558 — Trois tabatières dont deux en porcelaine tendre, montées en argent.

559-562 — Quatre boîtes ornées de jolies mosaïques de Rome; l'une d'elles, montée sur purpurine, représente la place Saint-Pierre de Rome; une autre, montée sur buis, représente un paysage d'Italie. Cette dernière est d'une finesse remarquable.

563-573 — Onze tabatières de diverses formes en agate variée de nuances et montées en argent et en cuivre doré.

574 — Tabatière de forme contournée en jaspe sanguin, montée en argent doré. Un chiffre en or gravé et découpé est rapporté sur le couvercle.

575 — Boîte rectangulaire en agate laquée en relief.

576 — Boîte carrée en jaspe héliotrope, montée à cage en or finement gravé. Époque Louis XVI.

577-578 — Deux très-petites boîtes ovales en agate, l'une d'elles montée en argent.

579 — Boîte de forme oblongue à pans en cristal de roche taillé à côtes et montée en argent doré.

580 — Petite boîte ovale en cristal de roche taillé à quadrilles et montée en argent doré.

581-583 — Trois petites boîtes en agate, dont deux montées en argent. Une de ces dernières a une forme très-originale.

584 — Petite boîte en tôle et cuivre.

585-594 — Dix tabatières en cuivre ciselé et doré, des époques Louis XV et Louis XVI. L'une d'elles, repercée à jour, est enrichie d'une peinture sur émail.

595-600 — Six tabatières de diverses formes en nacre de perles gravée, montées en argent et vermeil. Époque Louis XV.

601 — Tabatière formée d'un sanglier en bois d'ébène sculpté rapporté sur nacre et montée en argent.

602-608 — Sept boîtes en ivoire, quelques-unes garnies en or et ornées de miniatures ou d'attributs rapportés en perle ou nacre.

609 — Bonbonnière en ivoire sculpté et repercé à jour. Le fond manque.

610 — Tabatière du temps de Louis XIV en ivoire sculpté à figures d'enfants, oiseaux et ornements.

611 — Tabatière ronde en racine de buis, ornée d'un bas-relief en ivoire, sans fond, signé Rosset, de Saint-Claude, et à sujet militaire portant l'inscription : *A moi! Auvergne, voilà l'ennemi!*

612 — Petite boîte ovale en ivoire galonnée d'or et ornée de deux miniatures paysages.

613 — Drageoir à deux places en ivoire piqué d'or et décoré à l'intérieur de deux portraits d'homme et de femme en costumes du temps de Louis XIV.

614-622 — Neuf tabatières en écaille de diverses formes dont quatre ornées de miniatures, et une, d'une peinture sur émail.

623 — Boîte ronde en écaille, ornée d'un joli médaillon, enfant d'après Greuze, exécuté en tissu velouté par Grégoire. Pièce rare.

624-637 — Quatorze boîtes de diverses formes des époques Louis XIV et Louis XV, en écaille piquée et posée d'or et enrichies d'incrustations de nacre. Elles sont montées en argent ou en vermeil.

638 — Boîte ronde en racine de buis galonnée d'or. Epoque Louis XVI.

639-640 — Deux autres boîtes en racine de buis, ornées de miniatures.

641-659 — Dix-neuf boîtes rondes, du temps de Louis XV, en poudre d'écaille ou en vernis de Martin, quelques-unes ornées de miniatures.

660-673 — Quatorze bonbonnières en écaille blonde, du temps de Louis XVI, quelques-unes incrustées et galonnées d'or, et d'autres ornées de miniatures.

674 — Boîte ronde plaquée d'argent guilloché.

675 — Drageoir de forme contournée en argent gravé avec couvercle en nacre de perle, offrant à l'intérieur une miniature sur ivoire à deux personnages. La femme a le bras mobile et elle tient un loup qui passe de sa face à la face de son voisin à l'aide d'un bouton. Époque Louis XV.

676-679 — Quatre tabatières en argent ciselé dont une de forme rectangulaire, décorée de trophées et d'ornements rapportés en or.

680 — Belle boîte ronde en écaille posée d'or à rosaces et galonnée et doublée en or. Le couvercle est orné d'une intaille sur agate orientale.

681-682 — Deux boîtes ovales en or guilloché et ciselé. Epoque Louis XVI.

683 — Boîte oblongue à angles coupés en or émaillé à médaillon de paysage et rosaces. Travail de Genève du temps de Louis XVI.

684-685 — Deux petites boîtes en cuivre champlevé et émaillé. Travail polonais de la fin du XVIe siècle.

NAVETTES

686-694 — Neuf navettes en ivoire sculpté, en écaille incrustée, en vernis de Martin, etc.

NÉCESSAIRES

695-700 — Six nécessaires de dames, en nacre, en cuir, en fer et en poudingue.

701-704 — Quatre nécessaires Louis XV en cuivre doré.

705-710 — Six étuis-nécessaires en émail ou en porcelaine de Saxe.

711-715 — Cinq étuis-nécessaires en argent doré; l'un d'eux du temps de Louis XV, forme lorgnette.

716-723 — Huit boîtes ou étuis divers, dont une boîte en vernis de Martin.

724 — Etui à louis d'or à deux compartiments en écaille posée d'argent et monté en argent.

725 — Grands ciseaux à lames dorées. Travail oriental.

726 — Ciseaux dans une gaîne en argent.

727 — Ciseaux en or dans un étui en galuchat.

728-733 — Six étuis à ciseaux, dont quatre en fer.

734-736 — Trois crochets, dont deux avec chaînes porte-clefs en argent.

737-738 — Deux crochets, dont un formant châtelaine en acier.

739 — Joli petit étui en argent émaillé vert, avec ciseaux et ustensiles en argent. Époque Louis XIII.

740 — Fuseau et anneau à crochet en argent pour quenouille.

CHINOISERIES

741-748 — Huit pièces diverses en jade verdâtre telles que : amulettes, plaques, groupe et figurine.

749 — Petite grenouille en cristal de roche.

750-755 — Diverses petites pièces de travail chinois en ivoire.

756-762 — Sept petits groupes ou figurines en ivoire sculpté, de travail chinois ou japonais.

763-764 — Deux petits groupes de deux chimères et de deux oiseaux en bois sculpté.

765 — Coffret en filigrane d'argent avec appliques émaillées. Travail chinois.

SCULPTURES

766 — Ivoire. — Les Quatre Saisons, représentées par des figures debout sur socles en bois noir.

767 — Ivoire. — Petite statuette grotesque sur socle en albâtre orientale.

768 — Ivoire. — Vénus et l'Amour ; petit groupe sur socle en ivoire.

769 — Ivoire. — Petit buste de l'empereur Napoléon Ier.

770 — Ivoire. — Tête de bœuf.

771 — Ivoire. — Boîte à fard. Travail de tour.

772 — Deux statuettes en verre blanc opaque et couleurs.

773-775 — Deux boîtes savonnettes et un bougeoir, genre vernis de Martin, décorées de fleurs, d'armoiries, buste et ornements. Epoque Louis XV.

POMMES DE CANNES

776-777 — Deux cannes, l'une à pomme d'or et l'autre en ivoire sculpté.

778-785 — Huit pommes de cannes, dont deux en fer, une en cristal, quatre en porcelaine et la dernière en argent émaillé à froid, agate et pierreries.

PEIGNES

786 — Grand peigne formé d'une galerie en cristal de roche, monté en argent et orné d'un grenat.

787 — Grand peigne en écaille incrustée d'or.

788 — Peigne en or et perle fine avec dents en vermeil.

789 — Peigne en or gravé et découpé, orné d'un camée en pâte de verre.

BOITES A PARFUMS

790-798 — Neuf petites cassolettes à parfums en argent repoussé et doré.

799 — Etui à parfums en cristal de roche, monté en argent émaillé.

800 — Cassolette en forme d'œuf en émail décoré de figures d'Amours et monté en vermeil.

801-803 — Deux porte-bouquets et un carnet de bal.

804 — Deux plaques de bourse en émail de Limoges à bustes de personnages.

BOITES A MOUCHES

ET PORTE-TABLETTES

805-823 — Dix-neuf boîtes à mouches ou à cure-dents en diverses matières. L'une d'elles (n° 809), en poudre d'écaille rouge, est incrustée et montée en or. Elle date du temps de Louis XV. Une autre (n° 819), en fer, est incrustée d'argent.

824 — Porte-tablettes en nacre gravée et dorée. Epoque Louis XV.

825-829 — Cinq porte-tablettes du temps de Louis XVI, montés en or. Deux sont en vernis de Martin étoilé d'or, deux en ivoire et le dernier en écaille.

MINIATURES

830 — Jolie miniature ovale en ivoire du temps de Louis XVI. Portrait de femme, dans un étui en galuchat.

831-832 — Etui à portrait en peau de chagrin et miniature portrait d'homme entouré de strass.

833 — Etui à portrait, en cuivre doré, du temps de Louis XVI.

FLACONS

834-841 — Huit flacons en cristal et en vermeil.

842-843 — Deux boîtes contenant des flacons en cristal.

844-859 — Seize flacons de diverses matières et époques, parmi lesquels on en remarque deux en vermeil ciselé et un en ivoire sculpté. Un autre (n° 846), en verre, est couvert de jolis ornements et de figurines en argent ciselé et repercé à jour. Époque Louis XIII.

860 — Etui en forme d'œuf en ivoire sculpté et repercé à jour. Epoque Louis XVI.

861-863 — Trois pièces : Etui renfermant deux cure-oreilles, dont un en or ; nécessaire de fumeur en argent du XVIIe siècle et un gratte-langue en vermeil.

COUTEAUX, FOURCHETTES,

CUILLERS ET AUTRES USTENSILES

864-951 — Collection intéressante de cuillers, couteaux, fourchettes, services à découper, couteaux de poche, etc., composée d'environ cent pièces à manches d'argent, d'ivoire sculpté et incrusté ; porcelaine, faïence, agate, écaille, nacre, etc., des XVIe, XVIIe et XVIIIe siècles. Quelques pièces sont garnies en or et d'autres ont des écrins ou gaînes en maroquin doré au fer. Une des gaînes, contenant des rasoirs, est couverte de fleurs de lis.

952-954 — Trois tire-bouchons, dont un du temps de Louis XV, garni en or.

ARMES

955 — Pistolet du XVIe siècle à rouet, avec monture en bois incrusté d'ivoire gravé, avec garniture en argent gravé.

956 — Petite arbalète garnie en fer et monture en bois incrustée d'ivoire gravé et teint.

957 — Cartouchière en fer gravé. Travail allemand du XVIe siècle.

958 — Amorçoir en damas, en forme d'oiseau, avec ornements découpés à jour. Travail oriental.

959 — Amorçoir en ivoire sculpté à sujets de chasse. XVIe siècle.

960 — Gobelet de chasse en corne gravée à figures et ornements et à anse en cuivre.

961-964 — Quatre pièces : une éprouvette et trois briquets pour allumer l'amadou.

965-965 *bis* — Deux très-petits canons en cuivre doré. XVIe siècle.

INSTRUMENTS DE MUSIQUE

ET D'OPTIQUE

966-973 — Huit instruments divers en ivoire et en bois, tels que : flageolets, galoubets, musette, etc.

974 — Longue-vue en ivoire. Travail de tour.

975-982 — Huit lorgnettes diverses en nacre, en vernis de Martin, etc., montées en cuivre ou en argent.

983 — Binocle avec sa chaîne en acier taillé. Epoque Louis XVI.

984 — Binocle en or ciselé.

985 — Loupe de poche avec monture en nacre et argent. Epoque Louis XV.

ENCRIERS

986 — Encrier en cristal de roche enfumé, monté en cuivre.

987 — Encrier en bronze de la fin du XVIe siècle, portant les lettres L B et quantité de fleurs de lis et supporté par quatre lions et des rinceaux.

988-989 — Deux encriers dont un à briquet, garni d'ornements en cuivre doré et découpé à jour. Epoque Louis XV.

990-992 — Trois encriers de poche, dont un de travail japonais.

CACHETS

993-996 — Quatre cachets en fer, dont deux du temps de Louis XIII, enrichis d'incrustations d'argent.

997 — Cachet en cuivre doré portant deux blasons gravés.

998 — Cachet en nacre et argent formant étui.

999 — Cachet en argent ciselé à tête barbue, cachée par un masque scénique.

1000 — Petit cachet en cristal et argent.

COUTEAUX A PAPIER,

GRATTOIRS, ETC.

1001 — Couteau à papier en vermeil et manche en verre de Venise.

1002 — Grattoir du XVIe siècle en fer gravé et doré.

1003-1004 — Deux jolis grattoirs du XVIe siècle à lames gravées à figures, armoiries et ornements et à manches en os sculpté à têtes de lions.

1005 — Petit grattoir à manche en ambre formé d'une figure de mousquetaire et garni en or.

1006-1009 — Quatre canifs, dont un en acier gravé et découpé et un autre en argent.

1010 — Etui porte-plume et crayon en ivoire monté en or.

1011-1012 — Quatre petits ustensiles et deux fibules antiques en bronze, dont une pièce de travail très-soigné.

CLEFS & OBJETS VARIÉS

1013 — Amulette en verre en forme de fruits et imitant l'agate.

1014 — Règle triangulaire en verre, garnie en argent.

1015 — Casse-noisette en ivoire.

1016 — Sonnette en bronze à sujets en relief et portant l'inscription : *Johannes aîné me fecit.*

1017-1019 — Trois portefeuilles de travail oriental brodés en fin.

1020-1020 bis — Deux petits almanachs, l'un datant de 1756, et l'autre de 1759. La reliure du premier est exécutée en broderie en fin et peintures.

1021 — Carnet en nacre gravée et argent doré.

1022-1024 — Trois mesures diverses.

1025-1026 — Deux clefs de chambellans en bronze ciselé, l'une d'elles est dorée et aux armes du roi de Bavière.

1027-1028 — Deux petits marteaux, l'un en fer, et l'autre en fer ciselé.

1029 — Clef romaine en bronze.

1030 — Huit clefs romaines variées de formes et de dimensions.

1031 — Série de huit poids en bronze fleurdelisés et couronnés, de dimensions variées.

1032 — Entrée de serrure en fer gravé.

1033 — Onze clefs diverses de la renaissance en fer.

1034 — Huit clefs gothiques en fer à ornements découpés.

1035-1050 — Soixante-deux clefs en fer de diverses époques, quelques-unes en fer ciselé et découpé à jour.

1051 — Belle clef gothique en fer à ornements repercés à jour.

1052-1060 — Lot de boucles de souliers en argent et strass; une paire est en cuivre argenté.

1064-1094 — Trente-deux éventails des époques Louis XV et Louis XVI, avec montures de nacre et d'ivoire et feuilles peintes. L'un d'eux est en vernis de Martin et finement décoré.

1095-1097 — Sac dit ridicule et deux mules en étoffe brodée et brochée.

1098 — Narguilhé en métal incrusté d'argent avec fourneau en argent ciselé.

1099 — Divinité chinoise en bronze doré.

1100 — Divinité analogue, mais plus petite, ornée de pierreries.

1101 — Brûle-parfums chinois en bronze ciselé. Le couvercle est surmonté d'un bouton en jade.

1102-103 — Deux-brûle parfums en bronze en forme de buffles debout. Travail chinois.

1104 — Buste de Minerve en bronze, signé RIGHETTI, F. Romae, 1788.

1105 — Petit buste de Henri IV en bronze doré sur socle en marbre.

1106 — Les Quatre Saisons, appliques en bronze doré pour meuble.

1107-1108 — Deux lions couchés en bronze sur socles en marbre garnis d'ornements dorés.

1109 — Heurtoir gothique en fer.

1110 — Dix-huit boutons ornés de miniatures en grisaille. Dans un cadre en bois noir.

1111-1112 — Deux appliques en bois sculpté, par Torro, Trophées d'armes.

1113-1116 — Réchauds, sucriers et vases en cuivre argenté.

1117 — Repoussé en cuivre : Prisonnier dans son cachot.

1118 — Haut-relief en ivoire peint : sujet de chasse.

1119 — Bas-relief en cire peinte : sujet champêtre.

1120 — Médaillon en étain, par Dupré. Henri IV et Marie de Médicis.

1121 — Tableau en marbre et jaspes de diverses nuances enrichi d'appliques en bronze doré au mat. Travail italien du temps de Louis XVI.

1122-1123 — Deux tableaux à paysages, gravés sur Scaliola. Cadres en bois noir.

1124-1128 — Cinq pièces diverses : porte-montre, pitongs et miroir métallique.

1129 — Enseigne peinte portant les armes du duc de Villars.

1130-1131 — Deux médaillons, l'un d'eux en marqueterie, l'autre en bois sculpté.

1132 — Petite glace avec cadre orné d'appliques en cuivre repoussé.

1133 — Grande glace à fronton et cadre en bois sculpté et doré. Époque Louis XVI.

1134 — Bas-relief en bronze doré. Combat des Centaures et des Lapithes.

1135-1139 — Cinq médaillons ovales en ivoire dont trois sculptés en bas-relief et un gravé. L'un d'eux représente le buste de Louis XIV.

1140 — Bas-relief en terre cuite peinte : La Crèche.

1141-1149 — Neuf pièces diverses en bronze, marbre, cristal, etc.

11150-1151 — Deux petites mosaïques de Rome : Oiseau et Colombes.

1152 — Très-petit médaillon rond en ivoire sculpté, bas-relief à figures et repercé à jour.

1153 — Petite miniature ronde sur ivoire peinte en grisaille ; le Sculpteur.

1154 — Petit médaillon rond en vernis de Martin : Amours.

1155 — Portrait de Louis XIV en papier gravé et paillons de couleurs.

1156 — Médaillon ovale sculpté en bas-relief; Vénus et l'Amour.

1157-1158 — Deux tableaux représentant des jonques chinoises en ivoire sculpté et peint.

1159 — Petite glace métallique carrée avec cadre en bois noir.

1160 — Couverture de livre in-f°, garnie en cuivre. XVIe siècle.

1161 — Miniature sur vélin : la Conversion de Madeleine.

1162-1163 — Deux miniatures rondes ; paysages. L'une d'elles a un cercle en or gravé.

1164-1165 — Deux portraits de femme peints en miniature. L'un d'eux, peint sur nacre, a un cadre en or émaillé.

1166-1173 — Huit miniatures, dessins ou fixés. Une des miniatures à l'huile représente l'Adoration des bergers.

1174-1176 — Une miniature et deux fixés; ces derniers représentent les Tuileries et la porte Saint-Denis.

1177 — Médaillon rond peint sur verre, buste de saint personnage. XVIe siècle.

1178-1181 — Quatre tableaux, dont trois à fond d'or représentant des sujets saints.

1182 — Joli triptyque de l'école flamande et du XVe siècle. Le panneau central représente la Vierge et l'Enfant Jésus, et les volets, la Crèche et la Fuite en Égypte.

1183 — La Sainte Famille, tableau brodé en soies de couleurs et argent.

1184. — Miniature ovale sur ivoire; portrait de femme.

1185 — Figure de sainte Marthe debout en bois sculpté et doré.

1186-1187 — Lanterne russe en fer et deux cimbales en métal.

1188 — Deux chenets en bronze et dorure.

1189 — Petite table torchère en bois tourné.

MEUBLES

1190 — Coffre en bois sculpté offrant sur la face un panneau de la Renaissance décoré de figures, de rinceaux et de cartouches.

1191 — Grand bahut en bois sculpté à figures aux angles et à frises, dans les panneaux. XVIe siècle.

1192 — Coffre rectangulaire à montants et frises en bois sculpté ; les angles offrent des figures en pied. XVIIe siècle.

1193 — Très-grande armoire du temps de Louis XIV en bois sculpté à ornements et fermant à deux portes.

1194 — Coffre de mariage et sa table-support en marqueterie de bois à fleurs; les pieds sont formés de colonnettes torses. Époque Louis XIII.

1195 — Bureau à X en marqueterie de bois. Époque Louis XIII.

1196 — Petit cabinet Louis XIII en bois d'ébène incrusté d'ivoire, gravé à arabesques.

1197 — Cabinet en palissandre et bois noir. Époque Louis XIII.

1198 — Joli meuble à deux corps en bois sculpté à cariatides, mascarons, ornements et trophées. XVIe siècle.

1199 — Table à angles coupés sur pieds tournés et dessus en ardoise.

1200 — Petite table de même forme, à dessus orné d'une frise de marqueterie.

1201 — Bureau en bois peint en noir avec garnitures en fer étamé. Style Louis XIII.

1202 — Fauteuil Louis XIII en bois sculpté, couvert en soie brochée en argent et soies de couleurs.

1203 — Fauteuil en bois sculpté, couvert en soie jaune tissée argent. Époque Louis XIII.

1204-1205 — Deux fauteuils du temps de Louis XIV, en bois sculpté, couverts en étoffe de soie blanche brochée à sujets chinois.

1206 — Bergère à oreilles en bois sculpté, couverte de tapisserie au petit point.

1207 — Fauteuil en bois sculpté couvert en tapisserie d'Aubusson.

1208-1209 — Deux fauteuils en bois sculpté, couverts en tapisserie au petit point à fleurs sur fond jaune. Epoque Louis XIV.

1210 — Fauteuil à pieds tournés couvert en moleskine verte.

1211 — Meuble fermant à deux portes et tiroirs en bois sculpté à figures dans des niches : mufles de lions, têtes de béliers, etc. XVIe siècle.

1211 *bis* — Vitrine en bois sculpté de même style et fermant à deux portes.

DIVERS

1212 — Écritoire en bronze supportée par trois sphinx ailés et à couvercle surmonté d'une figurine. XVIe siècle.

1213 — Chaise en bois sculpté foncée en canne.

1214-1215 — Deux tapis de table brodés à la main en soie de couleurs à rosaces et ornements.

1216-1217 — Deux bas-reliefs en bronze : Sainte Madeleine et Vulcain forgeant les foudres de Jupiter.

1218-1220 — Trois pièces : calebasse gravée et coloriée, coffret à paysages et ornements sur fond jaune et bougeoir en cuivre à deux branches.

1221 — Table de forme carré long sur pieds en bois tourné.

1222 — Diverses pièces d'échiquier en bois et en os sculptés.

1223-1226 — Antéfixe en terre cuite de travail romain ; moulin à muscades et flambeaux dont un en fer.

1227 — Petit tableau représentant la Crèche en or sur fond noir. xve siècle.

1228-1229 — Deux éventails en vernis de Martin décorés de figures.

1230-1231 — Flambeau et deux appliques en bronze.

1232 — Pomme de canne en fer forgé.

1233 — Fontaine en cuivre rouge ornée de mascarons.

1234 — Rape à tabac en bois sculpté à écusson armorié.

1235 — Bahut à deux corps en bois sculpté à mascarons, têtes de chérubins et ornements.

1236 — Gourde en verre incolore avec ornements et fleurs de lis en relief.

FAIENCES FRANÇAISES

FABRIQUE DE MARSEILLE

1237-1238 — Deux assiettes creuses décorées de paysages et de figures. Le bord est doré.

1239 — Plat à barbe décoré de fleurs, fruits, etc., en camaïeu vert. Monture en bois.

1240 — Plat oblong à contours, fond jaune et médaillons; attributs maçonniques. (Loge de l'Adoption, maîtresse parfaite.)

1241-1243 — Trois assiettes décorées de marines, paysages et fleurs en couleurs. L'une d'elles est montée.

1244-1250 — Sucrier avec plateau et six compotiers; décor polychrome à fleurettes et ornements.

1251-1252 — Pot à crème et cafetière, décor polychrome à fleurs, paysages et figures. Belle qualité.

1253-1254 — Deux petites tasses à anses, décor polychrome à figures et paysages.

1255 — Soucoupe; paysage au centre dans un médaillon rond et jeté de fleurs et insectes. On lit au revers : *Manufacture de Robert et Estien, à Marseille.* Pièce rare.

1256 — Assiette creuse décorée d'oiseaux et de fleurs.

1257-1258 — Deux cachepots à anses formées de branchages et décorés de fleurs.

1259 — Pot à crème décoré de fleurs et à anses formées de branchages et de fleurs.

1260-1261 — Deux petits pots à fleurs décorés de fleurs et à anses à branchages.

1262-1263 — Deux jolies théières; l'une d'elles à décor polychrome à paysages et figures, l'autre à fleurs et en camaïeu vert.

1264-1265 — Très-belle soupière à deux anses à branchages et couvercle surmonté d'un groupe de poissons et de légumes, accompagnée de son plat. Elle est décorée de fleurs et d'insectes.

1266 — Beau pot à eau et sa cuvette; décor polychrome à paysages, figures et fleurs. Belle qualité.

1267 — Autre joli pot à eau et cuvette décorés de médaillons d'oiseaux et de fleurs. Le couvercle est orné d'une coquille en relief.

1268 — Écuelle avec couvercle et plateau, décorée d'oiseaux et de fleurs et à anses plates ornées.

1269-1276 — Huit assiettes variées de décor.

1277-1279 — Moutardier et deux jolies saucières décorées de fleurs en couleurs. Une des saucières a un plateau mobile.

1280 — Salière décorée de fleurs.

1281 — Jolie boîte ronde à couvercle à ornements découpés à jour et décorée de fleurs et d'ornements. Belle qualité.

1282 — Joli sucrier oblong avec plateau adhérent, à ornements découpés à jour et médaillons bouquets de fleurs.

1283 — Écuelle décorée de fleurs, figures et armoiries. Le couvercle a un bouton formé de fleurs.

1284 — Porte-huilier en faïence blanche à ornements découpés et décors d'or.

1285-1286 — Deux verrières de forme oblongue : l'une décorée de fleurs; l'autre décorée d'oiseaux et branchages.

1287 — Grande corbeille ovale à ornements découpés et décor en camaïeu rouge.

1288 — Jardinière carrée à quatre pieds et à deux anses; décor polychrome à fleurs et ornements.

1289-1297 — Diverses pièces à décor polychrome : salière, théière, coquetier, sucrier et souliers.

1298-1301 — Trois assiettes et un compotier à décors variés; une des assiettes est décorée d'une montgolfière.

1302-1303 — Deux plats décorés de fleurs, l'un de forme ronde et l'autre oblong à contours.

1304-1307 — Quatre assiettes à décors variés, dont deux du faïence de Nevers.

1308 — Petite coupe ronde à bord festonné, portant un blason et des ornements en bleu et manganèse.

1309 — Plat rond décoré d'armoiries et d'ornements en camaïeu bleu et manganèse. Fabrique de Saint-Jean-du-Désert.

FABRIQUES DIVERSES

1310 — Groupe formé d'une figure de Bacchus assis sur un tonneau supporté par trois lions. Décor polychrome.

1311-1312 — Deux dessus de brosses en ancienne faïence de Delft. Décor polychrome à fleurs, ornements et mascarons.

1313 — Petite tasse à cidre, décor polychrome.

1314 — Assiette en vieux Rouen, décor polychrome à fleurs et ornements.

1315 — Grand plat ovale de même faïence, décor polychrome à la corne.

1316 — Petit plat rond à côtes, décor en camaïeu bleu à fleurs, ornements et cerfs.

1317-1319 — Assiette et deux savonnettes en ancienne faïence de Strasbourg, décor polychrome à fleurs.

1320-1321 — Deux assiettes, décor polychrome à fleurs.

1322-1323 — Petite assiette et vase en faïence hispano-mauresque, à décor à reflets métalliques.

1324 — Statuette de Vierge debout.

1325-1329 — Écuelle et assiettes des fabriques d'Apt et d'Avignon.

1330-1332 — Trois statuettes diverses émaillées en couleurs.

1333 — Bénitier à reliefs et émaillé jaune. Il représente le sujet du Baptême de saint Jean.

1334 — Gourde très-curieuse en faïence émaillée et à rosaces découpées à jour, rappelant par son décor les faïences dites de Henri II.

FABRIQUE DE MOUSTIERS

1335-1340 — Six plats et plateaux à décors en camaïeu bleu, dans le style de Bérain.

1341-1342 — Deux grands plats creux ovales à contours, à décors de même style. Ils sont montés en bois sculpté.

1343-1344 — Deux assiettes à décor de figures dans des médaillons ronds en camaïeu bleu.

1345 — Grand plat rond à décor en camaïeu bleu. Sujet de chasse d'après Tempesta.

1346 — Très-grand plat rond décoré d'ornements et de figures dans le style de Bérain, en camaïeu bleu.

1347-1349 — Trois sucriers à saupoudrer, à décor en camaïeu bleu.

1350 — Porte-huilier de forme ovale, à décor en camaïeu bleu.

1351 — Plat ovale à contours, de même décor.

1352 — Cache-pot à deux anses têtes de lions, à décor en camaïeu bleu.

1353-1355 — Trois gourdes de formes variées, à décor en camaïeu bleu.

1356-1361 — Six pièces variées, statuettes, pipe, etc.

1362-1363 — Deux moutardiers, décor polychrome à figures, dans le style de Callot.

1364-1365 — Petit pot et boite à couvercle décorés de figures et de fleurs.

1366-1369 — Six petits souliers porte-allumettes.

1370-1374 — Deux assiettes, un plat et deux tasses dont une avec soucoupe, à décors variés.

1375-1376 — Soulier et étiquette pour plante.

1377-1380 — Deux tasses avec soucoupes, sucrier et pot à crème, décor polychrome à figures.

1381-1388 — Huit assiettes ou petits plats à décors variés.

1389-1391 — Cadre de miniature en camaïeu bleu et deux médaillons ronds à décor polychrome.

1392 — Plat à barbe, décor polychrome à figures.

1393-1400 — Huit jolies plaques en ancienne faïence de Moustiers, de formes variées, à décor polychrome représentant des sujets bibliques et autres.

1401 — Gourde de forme allongée à côtes, décor polychrome.

1402-1404 — Deux assiettes et un plat, décor polychrome à figures et fleurs.

1405-1406 — Couvercle de soupière et petit plat à décor polychrome.

1407 — Le Christ en croix dans un cadre à contours, le tout en faïence et à décor polychrome.

1408 — Christ analogue à celui qui précède, formant bénitier. Riche décor polychrome.

1409 — Vase à deux anses, à décor en camaïeu bleu.

1410-1411 — Deux gourdes : l'une en forme de livre, l'autre en forme de bottine.

1412-1413 — Deux petits plats, l'un d'eux à décor polychrome, dans le style de Callot.

1414-1415 — Deux cache-pots à deux anses mascarons en relief, décor polychrome.

1416 — Plat oblong à contours, décor polychrome à ornements.

1417 — Petit tableau à sujet en relief : le Baptême de saint Jean..

1418-1419 — Deux médaillons ovales à bustes en bas-relief; l'un d'eux, représentant Louis XIV, a un encadrement décoré d'ornements polychromes.

1420 — Daubière en forme de pigeon colorié au naturel.

1421 — Grand et beau tableau carré, offrant en bas-relief la figure de *sainte Claire* vue à mi-corps. L'encadrement est décoré d'ornements polychromes. Pièce rare.

1422-1424 — Deux plats et une boite à épices, décorés en camaïeu vert, à sujets d'après Callot.

FABRIQUES ITALIENNES

1425-1429 — Cinq plats variés de forme et de décor, dont trois à ornements en relief.

FABRIQUES DE DELFT

ET AUTRES

1430-1432 — Trois assiettes à décors variés; l'une d'elles est rehaussée d'or.

1433-1434 — Deux plaques carrées à ornements découpés formant fronton, décorées de figures et de fleurs en couleurs.

1435 — Petit vase décor polychrome à bustes et ornements.

1436-1441 — Six plats ou assiettes à décors variés.

1442 — Petit vase en faïence de Nevers, décor polychrome à figures.

FAIENCES ITALIENNES

ET AUTRES

1443 — Salière à cariatides en ronde bosse.

1444-1446 — Trois vases porte-bouquets en faïence de Savone à décor en camaïeu bleu.

1447-1450 — Tasse avec soucoupe; coupe ronde, pot au lait et deux petits vases.

1451-1453 — Trois plats ronds, dont un à ornements à jour.

1454-1460 — Six plaques et un plat en faïence de Castelli. Trois des plaques sont de grandes dimensions et très-soignées de décor.

1461 — Très-jolie petite coupe ronde en ancienne faïence d'Urbino, décorée d'un groupe de figures.

1462-1478 — Dix-neuf pièces : Plats, plaques, assiettes, vase, coupe, etc.

1479-1480 — Deux plats en faïence de Berne, à décor gravé et émaillé.

1481-1495 — Quinze pièces diverses de formes et de décors variés.

1496-1504 — Neuf pièces de diverses fabriques et de formes variées.

1505 — Jolie fontaine-applique avec couvercle en faïence de Moustiers, décor polychrome à figures et fleurs.

1506-1508 — Quatre porte-bouquets ou jardinières de même faïence, dont deux à ornements à jour.

1509 — Deux vases ovoïdes à deux anses en faïence moderne, imitation de la fabrique d'Urbino, décorés de figures et de paysages.

1510-1517 — Huit assiettes à décors variés.

1518 — Soupière avec couvercle et plateau, décor polychrome à fleurs. Belle qualité.

1519 — Plat rond à bord festonné, en faïence de Marseille, décoré de fleurs.

1520-1523 — Quatre plats à reptiles et à cornes d'abondance. Imitation de Bernard Palissy, par Pull et autres.

1524 — Petit plat ovale de la fabrique de Bernard Palissy, représentant le Sacrifice d'Abraham.

1525-1532 — Douze pièces diverses en faïence et terre cuite peinte à décors variés.

1533 — Très-joli moutardier et son plateau en ancienne faïence de Moustiers, décor polychrome à médaillons, sujets mythologiques et festons de fleurs. Très-belle qualité.

1534-1554 — Vingt et une pièces diverses, telles que : Plats, assiettes, écuelles, gourdes, sucriers, etc., parmi lesquelles on remarque deux petits tympanons en faïence brune.

PORCELAINES

1555-1562 — Huit petits groupes ou figurines en biscuit de porcelaine, dont un en pâte tendre de Sèvres, représentant le modèle connu sous le nom de : *la Lanterne magique* (n° 1556).

1563-1565 — Trois vases et une assiette de diverses fabriques.

1566 — Trois tasses avec soucoupes, une théière, un sucrier, un pot au lait et deux pots à pommade, en vieux Sèvres, pâte tendre, décorés de fleurs.

1567-1568 — Deux tasses et une soucoupe en vieux Sèvres, pâte tendre, dont une tasse fond gros bleu à médaillon marine, une autre à fond rose à œi de perdrix et paysage et la soucoupe fond gros bleu et médaillons ustensiles de jardinage.

1569-1585 — Dix-sept pièces variées en porcelaine de Saxe et autres telles que : Groupes, statuettes, tasses, etc.

1586-1588 — Deux moutardiers et un pot à crème avec plateau, en ancienne porcelaine de Saxe. Belle qualité.

1589-1593 — Assiettes, figurines et oiseaux décorés en couleurs.

1594 — Grand bol à couvercle en porcelaine de Berlin, décoré de groupes de figures. Le couvercle est surmonté d'une figurine d'enfant bacchant.

1595-1719 — Quantité de pièces en porcelaine des diverses fabriques françaises et étrangères.

BIJOUX

1720-1721 — Deux colliers avec croix en argent, l'un d'eux doré. Travail russe.

1722 — Tour de cou avec pendentifs en argent estampé et doré.

1723 — Fermoir de cou en or et camées en corail.

1724 — Bijou pendant en or et en argent doré repercé à jour.

1725 — Tour de cou en or, avec sept médaillons en mosaïque de Rome.

1726 — Bijou pendant en or et en argent doré repercé à jour, enrichi de pierreries.

1727 — Parure composée d'un collier, de deux dormeuses et d'une épingle en or et cornalines entourées de perles fines.

1728-1729 — Deux colliers en or, ornés de plaques émaillées.

1730 — Bracelet en or, garni de chatons en cornaline.

1731-1736 — Six bracelets dont un (n° 1783) en or, avec appliques émaillés et grenats; les autres en argent et argent doré.

1737-1740 — Quatre paires d'agrafes de manteaux en argent.

1741-1743 — Deux agrafes de manteaux et une boucle en argent, et cailloux du Rhin.

1744 — Cassolette en forme d'œuf en argent repoussé et doré, enrichie de grenats.

1745 — Fibule du XIe ou XIIe siècle, en cuivre rouge, portant des traces de dorure.

1746-1748 — Trois pièces en argent, enrichies de cailloux du Rhin et de pierres diverses : Insignes maçonniques et croix de l'ordre du Saint-Esprit.

1749 — Médaillon à cheveux de forme ovale monté en or.

1750 — Médaillon pendentif avec chiffre en or

1751 — Médaillon en or, renfermant une miniature entourée de chatons, sous lesquels sont représentés divers attributs en or émaillé. Le médaillon date du temps de Louis XIII.

1752-1756 — Cinq bijoux pendentifs ou médaillons en or.

1757 — Médaillon forme cœur en argent doré et chiffre en jargons.

1758-1780 — Vingt-trois médaillons variés en or, argent et cuivre doré, quelques-uns ornés de miniatures ou de pierreries.

1781 — Médaillon en or émaillé à double face à sujets religieux.

1782-1785 — Quatre bijoux pendentifs, dont deux Saint-Esprit enrichis de pierreries.

1786-1788 — Trois croix de Malte, dont deux en or et une émaillée blanc montée en or.

1789-1790 — Deux plaques de bracelet et un bouton, ce dernier orné d'une miniature entourée de jargons.

1791-1815 — Vingt-cinq broches ou épingles en or et argent, ornées de miniatures, pierreries et de parties émaillées.

1816 — Plaque de corsage en argent doré et émaillé, repercé à jour.

1817 — Deux boucles d'oreilles et deux épingles de têtes chinoises, garnies de plumes de martin-pêcheur.

1818-1823 — Six pièces diverses : breloques, boucles, etc.

1824-1853 — Vingt-huit croix de col de diverses matières, or, argent, etc.; la plupart ornées de pierreries.

1854-1860 — Sept bijoux divers, croix et autres, ornés de pierreries.

1861-1999 — Collection de cent trente-neuf bagues des XVIe, XVIIe et XVIIIe siècles en or, argent et autres, ornées de pierreries, pierres gravées, miniatures, etc. L'une d'elles est ornée de trois jolis camées du XVIe siècle; une autre porte l'inscription : *Marquis de La Rochejaquelin. Orange, T. X. P.,* 1815.

2000-2046—Quarante-sept paires de pendants d'oreilles et dormeuses, des époques Louis XV et Louis XVI, en or et argent, enrichies de pierreries.

www.ingramcontent.com/pod-product-compliance
Ingram Content Group UK Ltd.
Pitfield, Milton Keynes, MK11 3LW, UK
UKHW022121260726
13993UKWH00003B/1153